Marcolinisches Porzellan

Ein Kriminalstück in zwei Akten

AF282506

von Peter B E S S E R

Namen und Personen sind frei erfunden. Ähnlichkeit mit lebenden oder verstorbenen Personen sind rein zufällig und nicht beabsichtigt.

Impressum:
Peter Besser: Marcolinisches Porzellan; Ein Kriminal-
stück in zwei Akten; 1. Auflage 2000
Herstellung: Libri Books on Demand
Alle Rechte liegen beim Autor.

ISBN 3-8311-1169-3

Personen

1) Walter BORN, Inhaber der Buntmetallgießerei Gebr. Born GmbH
2) Irmtraut BORN, seine Ehefrau
3) Werner BORN, ihr Sohn, Oberleutnant der Luftwaffe
4) Peter KÖRNER, sein Freund, Hauptmann der Luftwaffe
5) Horst WEGNER, Prokurist in der Fa. Born
6) Dagmar WEGNER, seine Ehefrau
7) Hans ALTMANN, Meister in der Fa. Born, später Betriebsleiter
8) Alexander NOWIKOW, sowj. Major und Ortskommandant
9) Lew PUSHEW, sowj. Leutnant, Mitarbeiter Nowikows
10) Friedhelm HILMERS, Enkel von Dagmar und Horst Wegner
11) Agnes SCHOLZ, geb. Hilmers, seine Tochter
12) Rainer SCHOLZ, ihr Ehemann
13) Dr. Oliver SCHRÖDER, Abteilungsleiter im staatlichen Kunsthandel
14) Roland KLEIBER, sein Mitarbeiter
15) Uwe KIEL, Leutnant der Kriminalpolizei
16) Wolfgang MEHNERT, Leutnant der Kripo, Mitarbeiter von Kiel
17) Curd BARTEL, Einbrecher

Graf Camilo v. MARCOLINI (1739 bis 1814), Minister am sächsischen Hofe und von 1774 bis 1813 Direktor der Porzellanmanufaktur Meißen

Ort der Handlung: Ostsächsische Kleinstadt

1. Akt

1. Szene

April 1945: Bibliothek in der Villa Born. Auf dem Tisch liegt eine Landkarte von Sachsen. Davor stehen Werner Born und Peter Körner. In einem Lehnstuhl sitzt der Hausherr Walter Born.

Werner B.: Vater, glaub mir, es ist noch nichts verloren. Die Russen ziehen sich zurück. Wir haben vor Radeberg ihre brennenden Panzer gesehen. Bei Bautzen stabilisiert sich unsere Front. Du brauchst noch nicht zu packen. Du wirst hier noch in der Firma gebraucht.

Walter B.: Jungs, hört auf, euch etwas vorzumachen. Ich wundere mich überhaupt, dass ihr noch lebt und heile Knochen habt. Eins steht fest, und das haben die Alliierten in Jalta festgelegt: Sachsen wird von den Russen besetzt. Wenn nicht heute, dann morgen. - In einer russischen Besatzungszone wird es keine Gebrüder Born GmbH mehr geben. Ich führe einen Rüstungsbetrieb, das erschwert meine Lage zusätzlich. Man wird mich erschießen.

Peter K.: Herr Born, wir haben es jetzt Mitte April. Nicht nur hier auch vor Berlin ist der russische Vormarsch zum Stehen gekommen. Die Russen hatten zwischen Küstrin und Berlin erhebliche Verluste. Ich kann Werner nur zustimmen. Übereilen Sie nichts.

Walter B.: Je eher wir packen, desto reibungsloser unser Abgang. Ich will keine überstürzte Flucht.

Peter K.: So lange noch gekämpft wird, können Sie ohnehin nicht weg. Wo wollen Sie hin? Denken Sie, die Amis lassen Sie durch, wenn Sie mit ihrem Wagen aufkreuzen, falls Sie überhaupt bis zur Westfront durchkommen. Wir können über den Endsieg denken wie wir wollen, so lange noch gekämpft wird, muss jeder auf seinem Posten bleiben.

Werner B.: Richtig, Peter! Das versuche ich, meinem Vater begreiflich zu machen.

Walter B.: Euren Optimismus in Ehren. Wie geht es bei euch weiter?

Peter K.: Wir haben keinen Befehl zur Verlegung. Wir fliegen ab und zu Aufklärung.
Für Kampfeinsätze langt der Sprit nicht mehr.

Walter B.: *Lacht und hebt resignierend die Hände.*
Also gut, bleiben wir. Hoffentlich wird es nicht zu spät. Mutter und ich wollen nicht in einem Internierungslager enden oder erschossen werden.

Frau Born betritt das Zimmer. Peter Körner begrüßt die Hausherrin.

Peter K.: Gnädige Frau, wie geht es Ihnen?

Irmtraut B.: Herr Hauptmann! Danke der Nachfrage. Sie sehen, wir leben noch. Und uns allen wünsche ich zu überleben. - Werner, bitte lasst mich mit Vater allein.

Werner B. und Peter K. nicken kurz und verlassen die Bibliothek.

Walter B.: Beruhige dich, Irmtraut. Denk daran, die letzte Nachricht von deinem Bruder liegt sechs Wochen zurück. Wer weiß, wie es heute dort aussieht. Du hättest die Jungs hören sollen. Die träumen noch vom Endsieg, bloß weil die Russen vierzig Kilometer zurückgegangen sind. Sie haben uns das Packen und Abreisen ausgeredet.

Irmtraut B.: Trotzdem Walter, wir müssen Vorbereitungen treffen. Wenn hier alles zu Ende geht, sind die Jungs sonst wo und wir stehen allein da. Denke vor allem an unseren Familienbesitz, an die Möbel, an das Porzellan, die Bilder. Aus der Fabrik kannst du nichts mitnehmen. Ich werde eine Liste zusammenstellen, was wir sofort brauchen und was wir auslagern und später holen werden.

Walter B.: Tu das, Irmtraut. Und denke daran, wir haben nur unseren PKW. Mehr, als was darin Platz findet, werden wir nicht fortbekommen. Die Porzellansammlung meiner Großeltern muss ausgelagert werden. Sie ist das wertvollste Kunstgut, dass wir haben. Was die Auslagerung betrifft, darüber werde ich mit Wegner sprechen. Ich denke, wir können ihn in's Vertrauen ziehen. Ich beabsichtige weiterhin auch einige wichtige Maschinen und Werkzeuge sicherzustellen und zusammen mit unserem Familienbesitz zu verstecken.

Irmtraut B.: Hälst du den Wegner für vertrauenswürdig?

Walter B.: Er ist seit über dreißig Jahren in der Firma.

Irmtraut B.: Ja, wem kann man in diesen Zeiten überhaupt noch trauen? Er ist ein redlicher Mensch. Aber die Versuchung, plötzlich solche Sachwerte anvertraut zu bekommen?!

Walter B.: Er ist kein Kunstkenner. Sein Interesse gilt, soviel ich weiß, dem Garten und seinen Bienen. Er kann nicht einschätzen, was ein Bild wert ist oder diese oder jene Tasse des Services, das einst dem Grafen Marcolini gehörte. Ich denke, wir sollten ihm vertrauen. Wenn ich ihm für seine Bemühungen eine entsprechende Entschädigung anbiete, wird ihm das genügen.

2. Szene

Herbst 1945, Im Kontor der Gießerei. Walter Born an seinem Schreibtisch. Prokurist Wegener tritt ein.

Walter B.: Guten Tag Herr Wegener, ich habe Sie rufen lassen. Wir müssen etwas besprechen. Nehmen Sie doch bitte Platz.

Wegner setzt sich auf den Stuhl vor dem Schreibtisch.

Die Russen haben meinen Betrieb als Rüstungsbetrieb eingestuft und werden mich enteignen. Kurzum, meine Frau und ich müssen fort. Meine Bitte an Sie, Herr Wegner: Ich wollte Ihnen etwas von meinem Privatbesitz anvertrauen, damit es nicht unter die Beschlagnahmung fällt. Es ist nichts Wertvolles, nur bessere Erinnerungsstücke. Sie verstehen, Dinge, die zerbrechlich sind und an denen man persönlich hängt. Wären Sie bereit, etwas bei sich in der Wohnung oder wo auch immer zu deponieren, zu verstecken?

Horst W.: Ich weiß nicht, wenn die Russen oder unsere Polizei bei mir Haussuchungen machen, dann bin ich dran. Ich habe auch Familie, Herr Born.

Walter B.: Herr Wegner, es geht doch nicht um Dinge aus der Firma. Sie sollen kein Buntmetall und anderes, als kriegswichtig eingestuftes Material verstecken. Es handelt sich nur um etwas Porzellan und ein paar Bilder, kurz, alte Familienerbstücke. Es soll Ihr Schaden nicht sein: Was halten Sie davon, wenn ich bis zur Abholung Ihnen pro Tag eine Mark bezahle! Wenn ich oder ein von mir Beauftragter erst in einem Jahr oder noch später zum Abholen kommt, so sind da schnell vier- bis fünfhundert Mark zusammengekommen. Überlegen Sie sich das, Herr Wegner!

Horst W.: Ich möchte doch erst noch einmal mit meiner Frau darüber sprechen. - Haben Sie denn etwas von Ihrem Sohn gehört? Unser Enkel, der Friedhelm ist noch bei den Engländern.

Walter B.: Ja, unser Werner, wo er jetzt ist, weiß ich nicht. Seit Anfang Mai haben wir nichts mehr von ihm gehört. Ich glaube, die ganze Staffel konnte noch nach dem Westen verlegen und hat sich dem Ami ergeben.

Born holt aus dem Schreibtisch ein gut verstecktes Kistchen mit Zigarren hervor und bietet Wegner eine an.

Aus der letzten Zuteilung von meinem Werner. Ja besprechen Sie mein Anliegen mit Ihrer Frau.

Wegner bedankt sich und geht ab. Born packt ein paar Unterlagen zusammen, nimmt die Zigarren und will gehen. Da kommt seine Frau herein.

Irmtraut B.: Walter, wir müssen noch heute Abend fort. Konntest du etwas erreichen?

Walter B.: Wegner will erst noch mit seiner Frau sprechen. Warum hast du es plötzlich so eilig?

Irmtraut B.: *(aufgeregt)* Heute früh haben sie den Klarfeld und seinen Prokuristen abgeholt.

Walter B.: Den Drehereibesitzer? Warum?

Irmtraut B.: Warum, warum! Kriegsgewinnler werden wir jetzt genannt.

Walter B.: Dann gehe ich jetzt zu Wegner und gebe ihm den Zweitschlüssel zur Wohnung. Er m u s s uns helfen! Wenn es so ist, Irmtraut, wie du sagst, fahren wir noch heute Nacht.

Beide gehen ab.

3. Szene

Wohnung des Ehepaares Dagmar und Horst Wegner

Dagmar W.: Du kommst aber heute früh nach Hause!

Horst W.: Ja, ich will noch nach dem Garten sehen. Vielleicht ist schon was reif.

Dagmar W.: Gebrauchen könnten wir etwas Obst. Was auf der Lebensmittelkarte steht, reicht zum verhungern.

Sie schaut zu ihrem Mann auf.

Du hast doch noch was, Horst?

Horst W.: Der Born hat mich gebeten, sein Porzellan, die Bilder und alles Wertvolle aus seiner Wohnung zu räumen, wenn er fort muss, damit es nicht die Russen oder die Enteignungskommission bekommt. Er hat mir sogar Geld für das Einlagern angeboten. Was soll ich tun?

Dagmar W.: Du kannst doch nicht, wenn die Born´s weg sind, in die Villa und ausräumen. Da riskierst du doch Kopf und Kragen. Wir müssen bleiben und hier weiterleben. Sieh zu, dass du in der Firma bleiben kannst, nach der Enteignung. Hoffentlich demontieren die Russen nicht.

Es klingelt. Herr Born tritt ein.

Walter B.: Guten Abend, Frau Wegner. Na, Herr Wegner, haben Sie sich meinen Vorschlag überlegt? Wir wollen diese Nacht noch fort.

Dagmar W.: Herr Born, wissen Sie, was Sie da verlangen? Sie reisen ab, wir müssen bleiben. Wenn Sie fort sind, wird alles beschlagnahmt. Dann können wir nicht mehr an ihre Sachen. Das wäre dann Diebstahl. Wir können Ihnen nicht helfen.

Walter B.: Aber ich wollte Ihren Gatten bitten, sofort mitzukommen und wir laden das Wichtigste auf.

Dagmar W.: Kommt gar nicht in Frage. Wenn das jemand beobachtet. Horst, dann sind wir geliefert. Sie sind weg Herr Born, aber was wird aus uns?

Walter B.: Liebe, gnädige Frau....

Dagmar W.: *(heftig)* Ich bin nicht Ihre Gnädige! Schlagen Sie sich Ihr Ansinnen aus dem Kopf.

Horst W.: Es tut mir leid Herr Born, Ihnen nicht dienen zu können. Aber das Ganze hätte doch besser vorbereitet werden müssen. Nicht so "Hals über Kopf", wie Sie es vorhaben.

Walter B.: Hoffentlich bereuen Sie es nicht. Frau Wegener, ich hatte Ihrem Mann auch Geld angeboten für das Risiko.

Born geht ab. Ein anspringender Motor ist zu hören.

Horst W.: Jetzt hat er seinen Schlüssel liegen lassen.

Dagmar W.: Lass, wir können uns die Wohnung ja einmal anschauen. Weißt du, dass ich noch nie in seiner Villa war! Interessieren tät mich das schon einmal.

Beide lachen.

4. Szene

In der Werkhalle der Gießerei. Hinter Altmann stehen der Ortskommandant Major Nowikow und sein Stellvertreter Leutnant Pushew. Vor ihm, mit Abstand, mehrere Gießer und andere Betriebsangehörige.

Hans A.: Kollegen, hört mal her! Die Borns sind geflohen und wir machen weiter. Der Stadtkommandant, Herr Nowikow, hat mich beauftragt, den Betrieb zu leiten. Er hat uns versprochen, dass wir weiter arbeiten dürfen und nicht demontiert werden. Material und Maschinen werden nicht beschlagnahmt. Die Konten sind freigegeben. Wir können Löhne, Strom und Kohlen bezahlen.

Beifall und Freudenrufe.

Aber Kollegen, die Produktion muss auf Friedensproduktion umgestellt werden. Arbeit haben wir genug. Es gibt wenig Spezialgießereien, die, wie wir, unversehrt den Krieg überstanden haben. - Das wollte ich euch noch sagen, Kollegen.

Die übrigen gehen ab. Altmann dreht sich zum sowjetischen Major um.

Alexander N.: Haben Sie schon eine Inventur veranlasst? Herr Altmann ich möchte Sie auch bitten, mit in die Villa der Borns zu kommen. Wir vermuten, dass sich einiges Interessantes finden wird.

Hans A.:   Ja, Herr Major, ich vermisse auch einige technische Unterlagen über Schmelzen. Die hatte sich der Chef, ich meine Herr Born, selbst erarbeitet. So zu sagen Geheimrezepte über bestimmte Legierungen, wenn Sie verstehen, was ich meine.

Alexander N.: Ich verstehe Sie. Auch die Wodkabrenner haben alle ihr eigenes Geheimrezept.

Beide lachen.

Doch es geht um mehr. Wir wollen nachweisen, dass Born am Krieg verdient hat und an der Kriegsproduktion beteiligt war. Sie und Ihre Kollegen waren Zeugen dieser Produktion. Aber wer waren die Besteller und Auftraggeber? Wo sind die Gewinne! Da muss es Unterlagen geben, die wir hier im Werk nicht gefunden haben. Liegen sie noch in der Villa, wurden sie vernichtet? Das sind die Fragen, die wir bei der Haussuchung klären wollen.

Hans A.: Haben Sie mit Herrn Wegner, unserem Prokuristen gesprochen?

Alexander N.: Aber ja. Leutnant Pushew hat zwei Tage mit Herrn Wegner gesucht und die Bücher durchgearbeitet. Nichts. - Wenn wir heute Nachmittag in die Villa fahren, bringen Sie Herrn Wegner mit.

5. Szene

Bibliothek in der Villa Born. Vor einem Stapel Papier auf dem großen Tisch stehen Major Nowikow, Leutnant Pushew und die beiden Deutschen, Herr Altmann und Herr Wegner.

Horst W.: Wir haben alles durchsucht Herr Major. Was wir zu finden hofften, war nicht da. Keine Bankbelege, keine technischen Unterlagen. Herr Altmann bestätigte mir, das was wir gefunden haben, ist belanglos. *(Zeigt auf die Papiere, die auf dem Tisch liegen.)*

Hans A.: Herr Major, was wird eigentlich aus der Villa und dem kostbaren Mobiliar?

Alexander N.: Ist beschlagnahmt und gehört dem Volk. Kunstgegenstände gehen an Museen oder werden als Reparationsleistungen eingezogen. - Herr Altmann, weshalb fragen Sie? Vermissen Sie etwas?

Hans A.: Wenn Sie mich so fragen Herr Major. Es ist jetzt vielleicht drei Jahre her, da hatte mich Herr Born eingeladen und mir seine Porzellansammlung gezeigt. Mein Vater war Porzellanmaler in Meißen. Ich verstehe etwas davon. Das wusste Born.

Alexander N.: ... und, was hat man Ihnen gezeigt?

Hans A.: Born besaß eine erlesene Sammlung Meißner Porzellan aus dem 18. Jahrhundert, also aus der Anfangszeit der Porzellanherstellung hier in Sachsen. Es handelte sich um Stücke aus der sogenannten Marcolinischen Sammlung. - Er hat mir bestimmt nicht alles gezeigt. Was ich gesehen habe, war so umfangreich, dass er es unmöglich im Auto mitgenommen haben kann.

Hans A. dreht sich um.

Herr Wegner, kannten Sie seine Porzellansammlung?

Horst W. schüttelt verneinend den Kopf.

Alexander N.: Wenn wir es nicht gefunden haben, dann müssen wir noch einmal suchen. Ich werde Verstärkung holen. *(Auf russisch bespricht er etwas mit Leutnant Pushew. Dieser grüßt und geht ab.)*

Horst W.: *(zu Hans A. gewandt)* Wann sagten Sie, haben Sie das Porzellan zuletzt gesehen? Vor drei Jahren. Das Zeug kann also bereits vor Kriegsende abtransportiert worden sein. Der Born hat einen Schwager im Rheinland oder sein Sohn, der von der Luftwaffe, haben es mitgenommen. Das wissen wir nicht.

Alexander N.: Wir werden noch einmal suchen. Ist bekannt, ob Born jemanden einen Schlüssel für seine Villa gegeben hat? Vielleicht wurden die wertvollen Stücke beiseite geschafft? Auch das ist möglich.

Hans A.: Spekulationen helfen uns nicht weiter. Ich glaube nicht an einen vorzeitigen Abtransport in´s Rheinland. Wir haben den Briefwechsel zwischen Frau Born und ihrem Bruder gefunden. Es gibt keinerlei Hinweise, dass etwas ausgelagert wurde. Ich denke, das Porzellan ist gut versteckt oder gestohlen worden.

Alexander N.: *(russ.)* poechali!

6. Szene

Zwei Tage später auf der Kommandantur: Major Nowikow, Leutnant Pushew und Hans A.

Alexander N.: Meine Leute haben nichts gefunden. Das bedeutet, das Porzellan wurde vorzeitig ausgelagert, wie Herr Wegner vermutete oder von Unbekannten beiseite gebracht.

Hans A.: Ich sehe das auch so. Wir können nur hoffen, dass es vielleicht eines Tages auf dem Trödelmarkt oder dem Schwarzmarkt auftaucht. Ich werde die Augen offen halten. - Soll ich die Polizei informieren?

Alexander N.: Die deutsche Polizei? Das wäre, wie sagen die Deutschen: "Vergebene Liebesmühe." - Herr Altmann, wenn Sie mir Teile des Services beschreiben können, dann werde ich es über unsere Dienststellen zur Fahndung ausschreiben lassen.

Hans A.: Das markanteste Zeichen für einen Laien ist das Firmenzeichen auf der Rückseite: Zwei gekreuzte blaue Schwerter. Die Schwerter sind unter der Glasur eingebrannt und können nicht abgekratzt werden. Sie sind auch heute noch das Firmenzeichen der Meißner Manufaktur. Also nicht jedes Teil mit blauen Schwertern muss aus der Marcolinischen Sammlung sein. Es gibt auch andere Stücke, die zum Tausch auf dem Markt auftauchen, aber weniger wertvoll sind.

Lew P.: Herr Altmann, halten Sie auch Ihre Augen und Ohren in der Gießerei offen. Vielleicht steckt jemand aus der Firma dahinter? Fragen Sie doch noch einmal Ihre Leute.

Hans A.: Herr Leutnant, ich bin Gießer, aber nicht Kriminalist. Leute verhören, das ist nicht meine Sache. Ich bin auf den Kommissar "Zufall" angewiesen meine Herren.

Alexander N.: Es ist gut Herr Altmann. Der Genosse Leutnant hat es auch nicht anders gemeint.

7. Szene

Sommer 1947 im Rheinland. In einer Stadtrandvilla. Eine bescheidene, aber solide Mansardenwohnung. Walter und Irmtraut Born haben Post von ihrem Sohn Werner erhalten.

Irmtraud B.: Hör nur, was er schreibt:
"Seit dem wir in das Air Force-Lager verlegt wurden, geht es uns besser. Manchmal habe ich das Gefühl,

die Amis würden uns mit ihren Maschinen einmal Probe fliegen lassen, wenn sie es dürften. Der Krieg gerät langsam in Vergessenheit. Fachsimpeln ist angesagt. Die Gerüchte nach baldiger Heimkehr werden immer lauter.
Aber ich weiß bis heute nichts Genaues. Hoffen wir, dass es noch dieses Jahr sein wird..."

Walter B.: Von wann ist der Brief?

Irmtraut B.: Vom siebten Juni.

Walter B.: Schade, dass wir in der französischen Zone wohnen. In Bayern zuhause, hätten sie ihn bereits entlassen. Schreibt er etwas von seinem Freund Peter?

Irmtraud B.: *Sie wendet den Brief und überliest ihn.*
Ja, hier steht etwas:
"Peter habe ich gestern getroffen. (wir sind getrennt untergebracht und sehen uns nicht regelmäßig.) Er macht sich Sorgen um seine Mutter, denn die wohnt in Ostberlin. Aber sonst geht es ihm gut."

Draußen klingelt es. Walter B. schaut zur Uhr.

Walter B.: So spät noch, wer kann das sein?

Irmtraud B.: Ich gehe öffnen.

Geht ab. Von draußen erklingt ein Freudenschrei. Das Wohnzimmer betreten Irmtraud B., Sohn Werner und Peter Körner. Die beiden Männer noch in Uniform aber ohne Kragenspiegel und andere Rangabzeichen.

Walter B.: *Erhebt sich; Vater und Sohn umarmen sich.*
Uns zu so später Stunde einen solchen Schreck einzu-

jagen! Wo kommt ihr plötzlich her? Wir haben gerade deinen letzten Brief erhalten.

Werner B.: Die Amis haben uns plötzlich rausgeworfen. Sie brauchen das Lager für Umsiedler oder als Arsenal. Genaues war nicht zu erfahren. Ist auch egal, was Peter? Die Hauptsache, wir sind endlich draußen.

Irmtraud B.: (*sorgenvoll*) Habt ihr schon gegessen?

Werner B.: Wir wollten euch gerade einladen.

Stellt ein Brot, etwas Magarine und Konserven auf den Tisch. Seiner Mutter drückt er eine Schachtel Konfekt in die Hand.

Walter B.: Solche Gäste lob ich mir, die ihr Essen selbst mitbringen. Bei uns herrscht Schmalhans Küchenmeister. Aber die Amis leben offensichtlich im Überfluss.

Peter K.: Herr Born, wir hatten manchmal den Eindruck, dass es uns im Lager besser ging, als unseren Landsleuten draußen. Am Anfang haben sie uns etwas kurz gehalten aber seit 1946 wurde es zunehmend besser. Auch die Behandlung. Wir waren nicht mehr die besiegten "Krautfresser", sondern Offiziere.

Walter B.: Na, so korrekt scheint es ja nicht zugegangen zu sein. Denn wo sind ihre Schulterstücke - überhaupt wie man euch als Offiziere herumlaufen lässt.

Er schüttelt den Kopf.

Peter K.: *Zeigt ein Foto aus den Vorjahren, das ihn in kompletter Uniform zeigt.*

Das ist ein Bild aus dem Vorjahr. Die Alliierten haben die Auflösung der Deutschen Wehrmacht beschlossen. Wir mussten deshalb Hoheits- und Rangabzeichen von den Uniformen entfernen. Am meisten schimpfte unser General. Von ihm verlangten sie sogar, dass die breiten Biesen an den Hosen abgetrennt werden. Aber es war mehr ein formeller Akt.

Irmtraut B.: *Deckte inzwischen den Tisch.*
So, ich bitte die Herren zu Tisch.

Peter K. und Werner B.: *(im Chor)* Danke, gnädige Frau!

Werner B.: Habt ihr mal etwas von unserem Werk in Sachsen gehört? Was haben die Russen damit gemacht?

Walter B: Ich stehe noch mit unserem Prokuristen, Herrn Wegner, im Briefwechsel. Wir sind noch 1945 enteignet worden. Unsere Gießerei ist jetzt volkseigen, was auch immer man darunter versteht. Der Begriff "volkseigen" ist ja weder handels- noch zivilrechtlich geregelt. Die Enteignung ist jedenfalls entschädigungslos erfolgt.

Peter K.: Ja, die Russen haben so ihre Methoden. Ich überlege mir ernstlich, ob ich nach Berlin in den Ostsektor zurückkehre.

Werner B.: *(zu seinem Vater)* Konntet ihr eure Wertgegenstände und das Porzellan retten?

Walter B.: Wie denn! Wir wollten die Wegners bitten, es für uns einzustellen. Ich habe ihnen nur den Wohnungsschlüssel zurücklassen können, ohne etwas im

Einzelnen zu vereinbaren. Ob sie meiner Bitte entsprochen haben oder alles den Russen in die Hände gefallen ist, darüber schweigen sie sich aus. Sie können darüber auch nicht schreiben. Nicht auszudenken, wenn ein solcher Brief geöffnet würde. Bei Interzonenpost muss man vorsichtig sein. - Wenn ihr beiden noch nichts vorhabt, so fahrt doch mal rüber und erkundigt euch diskret. Ordentliche Papiere habt ihr doch?

Werner B.: Ja, mit unseren Entlassungsscheinen bekommen wir neue Dokumente auf der Meldestelle. Dort müssen wir morgen sowieso hin. - Was meinst du Peter, sollten wir mal rüber fahren und uns informieren?

Peter K.: Wo sollen wir wohnen? Kennt ihr jemanden, dem man vertrauen kann? Wir können dort nicht auf Parkbänken schlafen. Die Russen bringen es fertig und sperren uns erneut ein.

Walter B.: Überstürzt nichts, Jungs. Ein bisschen Vorbereitung muss schon sein. Ihr braucht einen Interzonen-Pass und eine Aufenthaltserlaubnis soviel ich weiß. Erkundigt euch.

Irmtaud B.: Ich schlage vor, ihr übernachtet bei den Wegners. Denn mit denen müssten sie sowieso alles bereden.

Werner B.: Die Idee ist zwar verlockend. Aber wissen wir, ob sie wirklich noch zu euch halten?

Peter K.: Ich kenne die Leute noch weniger als du oder deine Eltern. Aber welche Wahl haben wir? Denke daran, viele geben nichts auf den russischen Wirtschaftskurs. Wenn dein Vater die Firma eines Tages zurückbekommt, an wen wird er sich dann halten? An die, die in schweren Zeiten zu ihm hielten. ...und das wissen die Leute drüben auch. In der Sowjetzone leben doch nicht nur Kommunisten und Russenknechte, sondern Menschen, die die Situation ebenso belastet wie uns. Auch wenn der Wegner von der neuen Firmenleitung übernommen wurde, so ist er doch mit deinen Eltern in Kontakt geblieben. Stellt nicht jeder Brief, den er schreibt oder erhält eine Bedrohung für ihn dar?

Werner B.: Du würdest mitkommen, Peter?

Peter K.: Ja. Ich habe noch nichts konkretes vor. Arbeit zu finden ist gegenwärtig schwierig. Was haben wir denn gelernt außer fliegen?

8. Szene

Werner B. und Peter K. stehen im Wohnzimmer bei Familie Wegner, gerade angekommen.

Dagmar W.: *Räumt ihr Nähzeug und Bekleidung von den Stühlen.*

Aber bitte die Herren, nehmen Sie doch Platz. Möchten Sie einen Kaffee?

Werner B.: Frau Wegner, wir haben Ihnen etwas Bohnenkaffee mitgebracht aus Westberlin.

Dagmar W. geht, mit dem Päckchen an die Brust gedrückt, ab.

Horst W.: (*an Werner B. gewandt*)
Ihr letzter Brief, in dem Sie Ihr Kommen ankündigten,

war in Ostberlin abgestempelt.
Ich denke, Ihre Eltern und Sie leben im Rheinland?

Werner B.: So ist es, Herr Wegner. Wir haben in Ostberlin bei Herrn Körners Mutter Station gemacht und sind heute früh, von Berlin kommend, eingetroffen. - Vielen Dank auch, dass Sie uns beherbergen wollen. Es gibt ein paar Fragen, die mein Vater nicht im Briefwechsel mit Ihnen klären wollte. Vor allem interessiert meine Eltern der Verbleib des Porzellans. Mein Vater sagte mir, dass er Ihnen einen Schlüssel zur Villa überlassen hat.

Horst W.: Langsam junger Mann. Übernachten können Sie in der Gartenlaube. Haben Sie Lebensmittelkarten? Wenn nein, wird es schwierig.

Peter K.: Wir haben Verpflegung mit. Wenn sich Ihre Hilfe auf die Übernachtung beschränkt, sind wir sehr zufrieden.

Horst W.: Von einem Schlüssel weiß ich nichts. Wir haben auch die Villa seit der Abreise Ihrer Eltern nicht mehr betreten. Wir wissen nur, dass nach dem Porzellan gesucht wird. Herr Altmann, der die Firma Ihres Vater jetzt führt, sagte, dass die Russen es noch nicht aufgegeben haben, etwas zu finden.

Werner B.: Was ist aus unserem Haus geworden, Herr Wegner?

Horst W.: In der Villa ist jetzt ein Kinderheim für Waisenkinder. Sie können das Haus besichtigen.

Werner B. und Peter K. schauen sich verdutzt an.

Werner B.: Lassen wir das mit dem Schlüssel mal außer Acht. Sie waren nicht im Haus, aber das Porzellan ist weg, wenn ich Sie richtig verstanden habe?

Horst W.: Sie sagen es, Herr Born.

Werner B.: Wer außer Ihnen hatte denn noch einen Schlüssel?

Horst W.: Sie können mich verdächtigen wie Sie wollen. Ich habe das Porzellan nicht und die Russen offenbar auch nicht. Ich nahm immer an, dass Ihr Vater nach meiner Ablehnung einen neuen Helfers-Helfer gefunden hat.

Werner B.: Wir werden uns einmal umsehen im Ort. Vielleicht ist etwas zu erfahren. Sie sind in der Firma auch zu exponiert, um etwas hinterfragen zu können.

Frau Wegner betritt mit vier frisch gebrühten Tassen Kaffee das Zimmer.

Dagmar W.: So, nun trinken wir erst einmal Kaffee. Glauben Sie meine Herren, den meisten Menschen ist heute der Inhalt einer Tasse wichtiger als die Tasse selbst.

Alle lachen.

Peter K.: Womit Sie völlig Recht haben, Frau Wegner.

Werner B.: Peter, wir gehen jetzt erst einmal in den Garten, unser Quartier besichtigen.

Horst W.: Ich begleite Sie meine Herren.

Alle gehen ab, Frau Wegner allein.

Dagmar W.: *(im Selbstgespräch)* Da gehen sie, die Herren und suchen Porzellan. Heute bin ich froh, dass ich meinen Horst nichts gesagt habe. Er hätte das nervlich nicht verkraftet. Es zeigt sich mal wieder, ein Geheimnis ist nur dann eins, wenn man es allein kennt. War schon gut, dass ich gleich nach der Abreise der Borns das Porzellan verpackt und die Kistchen auf dem Handwagen in den Garten gekarrt habe. Unter den Bienenstöcken sind sie gut aufgehoben - und werden gut bewacht. Warten wir bessere Zeiten ab, dann wird es sich herausstellen, welchen Wert das Porzellan hat. Aus reiner Sentimentalität hat der alte Born bestimmt nicht seinen Sohn und dessen Freund zu uns geschickt. Hier geht es um mehr, davon bin ich überzeugt.

9. Szene

In der Gartenlaube. Ein warmer Sommerabend.

Peter K.: Sogar ein Radio haben Sie hier!

Horst W.: Meine Herren, ich mache Sie darauf aufmerksam, dass es nicht gut ist, wenn Sie in der Stadt gesehen und erkannt werden. Besonders Sie, Herr Born, sollten sich vorsehen. Denken Sie bitte auch an mich und meine Frau. Nicht auszudenken, wenn man Sie in meinem Garten aufgreift.

Werner B.: Schon gut Herr Wegner. Ich werde um das Werk einen Bogen machen. Morgen reisen wir wieder ab. Es ging meinem Vater nur darum, bestimmte Dinge im persönlichen Kontakt zu klären und die Beziehungen aufzufrischen. Wir können hier nicht groß recherchieren, sondern sind in erster Linie auf Ihre Aussagen und Informationen angewiesen.

Peter K.: Ich werde mich hier in der Stadt etwas umsehen. Mich kennt man hier nicht. - *Geht ab.*

Werner B.: Sobald es hier anders kommt wird sich Ihre Unterstützung für uns auszahlen. Als künftiger Juniorchef werde ich nicht vergessen, wer uns in schwerer Zeit, wie jetzt, geholfen hat.

Horst W.: (*Verlässt die Gartenlaube; im Selbstgespräch*) Für euch ihr Herren hat sich immer alles ausgezahlt, was der kleine Mann für euch getan hat. Es war ein sehr freimütiges Eingeständnis, was Sie da eben gesagt haben. Aber so einfach ist es jetzt nicht mehr nach diesem Krieg. Die schrecklichen Opfer müssen ja zu etwas gut gewesen sein. Wenn es in Zukunft auf dieser Welt etwas gerechter zugeht, dann war dieser Krieg vielleicht nicht ganz umsonst. - Jetzt rede ich schon fast wie ein Kommunist. - *Geht ab.*

Zwei Stunden später. Peter K. kehrt in die Gartenlaube zurück.

Werner B.: Na, hast du die Stadt wiedererkannt?

Peter K.: Na und ob. Schließlich ist sie unzerstört geblieben und viel hat sich in den zweieinhalb Jahren nicht getan. Ich war ein Bierchen trinken im "Gießerheim". Erst guckten alle etwas misstrauisch, aber dann waren sie froh, ein neues Gesicht zu sehen ... und stell dir vor, plötzlich legt mir einer seine Hand auf die Schulter und begrüßt mich mit: "Guten Abend, Herr Hauptmann." Es war einer vom Bodenpersonal. Er fragte auch nach dir.

Werner B.: *(erschrocken)* Was hast du gesagt?

Peter K.: Beruhige dich. "Du bist im Rheinland bei deinen Eltern", habe ich gesagt. Ich habe die Stammtischrunde mal nach der Gießerei ausgefragt. Es war nicht uninteressant zu erfahren, wie hier gearbeitet, bzw. nicht gearbeitet wird. Kompliment an deinen Vater. Einer sagte, dass selbst im Krieg unter seiner Leitung eine bessere Ordnung herrschte als heute.

Werner B.: Ich bin trotzdem beunruhigt. Morgen Abend reisen wir ab. Geh du noch einmal in die Stadt.

Am Nachmittag des nächsten Tages.

Horst W.: *Aufgeregt, betritt die Gartenlaube*
Sind Sie es, Herr Born? Dann ist es Ihr Freund, der verhaftet wurde.

Werner B.: Wieso? Was wissen Sie?

Horst W.: In der Mittagspause erzählten Sie, dass gegenüber vor dem "Gießerheim" ein Mann festgenommen wurde. Ein ehemaliger Offizier. Ich dachte erst an Sie. Aber da Sie hier sind, kann es nur Ihr Freund gewesen sein.

Werner B.: Sind sie sicher? Woher wissen Sie, dass gerade er es war, den man festgenommen hat? Wer hat Peter überhaupt festgenommen?

Horst W.: Die Augenzeugen der Festnahme konnten mir den Mann beschreiben. Die Beschreibung passt auf Sie beide. Sie fragen, wer ihn festgenommen hat. Die

Russen natürlich.

Werner B.: Ist das so natürlich?

Horst W.: Hierzulande leider. Unsere Polizei tritt bei solchen Sachen nicht in Erscheinung.

Es poltert. Peter K. stürzt herein. Er blutet an der Schulter.

Peter K.: Werner, schnell fort! Man hat uns verraten. Die wussten alles. Auch dass du da bist.

Werner B.: Peter, ruhe dich erst einmal aus. Wer sind "die"?

Peter K.: *(wird zunehmend schwächer)* Sie fragten mich, nachdem sie wussten, wer ich war, wo du bist. Ich habe gesagt, wir wollen uns erst heute Abend am Bahnhof treffen. Unser Versteck kennen sie nicht. Jedenfalls nicht von mir. Sie fragten sofort nach dem Porzellan. Ich sage dir, die wussten alles.

Werner B.: Der Mann vom Bodenpersonal hat dich verpfiffen.

Peter K.: *(atmet schwer)* Unsinn. Der Mann wusste weder etwas von dir noch vom Porzellan.

Horst W.: Ich gehe einen Arzt holen. - *Geht ab.*

Peter K.: Wir müssen sofort los. Ich habe nicht verraten, dass wir ein Auto haben. Aber Ihr Informant, der Wegner weiß es.

Werner B.: Du glaubst...?

Peter K.: Wer sonst kommt in Frage?

Verkehrslärm ertönt. Autotüren schlagen.

Peter K.: Hau ab! Noch einmal kann ich nicht fliehen.

Werner B. klettert durch´s Fenster und ab. In die Gartenlaube stürzen sowjetische Soldaten, geführt von Leutnant Pushew.

Lew. P.: Wo ist Born?

Peter K.: Nicht hier. *Wird ohnmächtig.*

10. Szene

In der Bornschen Wohnung im Rheinland wenige Wochen danach.

Walter B.: *öffnet einen großen Briefumschlag. Die Zeitung "Tägliche Rundschau" fällt heraus.*

Kein Brief, kein Absender. Der Poststempel ist unleserlich.

Er findet einen angestrichenen Artikel und liest vor.

"Kriegsverbrecher und Saboteure verurteilt.
In einem mehrwöchigem Prozess wurde der ehem. Luftwaffenoffizier Peter K. von der 1. Strafkammer des Landgerichtes zu einer achtjährigen Zuchthausstrafe verurteilt. Der Angeklagte betätigte sich als Helfershelfer einer Schieberbande, die im Auftrag enteigneter

Kriegsverbrecher den friedlichen Aufbau durch Sabotageakte stören wollte. Darüber hinaus wurde dem Angeklagten vorgeworfen, versucht zu haben, Porzellan u. a. Kulturgut in die Westsektoren zu verbringen. Der Prozess zeigt erneut..." usw. usf. *Born bricht ab.*

Werner B.: Mir will nicht in den Kopf, dass uns der Wegner denunziert hat. Die Tatsache, dass sie Peter und mich in der Gartenlaube aufgegriffen haben, beweist gar nichts. Sie können Peter mit Hunden gefolgt sein. Er war verletzt. Es wäre interessant zu erfahren, was aus Wegner geworden ist. Vielleicht hat man ihn der Komplizenschaft angeklagt.

Walter B. Du hast Recht mein Junge. Eindeutig ist das alles nicht. Was wirklich geschehen ist, können wir erst von Peter erfahren, wenn er wieder entlassen wird. Nur er weiß, was auf dem Prozess gesagt wurde und wer ihn belastet hat. - Von wem ist der Brief mit dem Zeitungsausschnitt? *(Hält die "Tägliche Rundschau" hoch.)* Genaueres werden wir wohl in absehbarer Zeit nicht erfahren. Wir können von Glück reden, dass Peter am Leben ist. Ich mache mir ohnehin schon Vorwürfe, einen Fremden in unsere Familienprobleme mit hineingezogen zu haben. Das Porzellan scheint endgültig verloren zu sein, da die Russen es auch nicht haben. Was soll nun werden?

Werner B.: Peter werden sie 1955 entlassen, dann ist er fünfunddreißig Jahre alt. Nicht auszudenken! Vater, du musst über einen Anwalt versuchen, das Urteil anfechten zu lassen. Peter hat mir die Freiheit und vielleicht sogar das Leben gerettet. Wäre er nicht nach seiner Verhaftung noch einmal geflohen, und in den Garten gekommen, dann säße auch ich heute hinter Gittern. Mich hätten diese Verbrecher bestimmt zu fünfzehn bis zwanzig Jahren verurteilt.

Walter B.: Stell dir das nicht so leicht vor. Welcher Anwalt im Osten legt sich bei einem solchen politischen Prozess mit der Besatzungsmacht an? Werner, ich fürchte, wir werden nicht helfen können.

2. Akt

1. Szene

Mai 1980. Auf dem Waldfriedhof einer ostsächsischen Kleinstadt. Vor dem Sarg der verblichenen Renate Hilmers, geb. Wegner stehen ihr Sohn Friedhelm Hilmers und dessen Tochter Agnes Scholz mit ihrem Ehemann Rainer.

Agnes Sch.: Einundachtzig ist Oma geworden. Eigentlich ein schönes Alter, das sie erreicht hat. Werden wir auch einmal so alt?

Blickt zu ihrem Mann auf, bei dem sie sich eingehakt hat.

Friedhelm H.: *(bitter)* Wenn deine Mutter einundachtzig hätte werden sollen, dann wäre ich heute nicht Witwer.

Die beiden jungen Leute legen ihre Arme um seine Schulter. Er dreht sich um.

Schon gut. Helft ihr mir bei der Haushaltauflösung von

Oma? Die Wohnung soll bald geräumt werden, damit man sie weiter vermieten kann.

Agnes Sch.: Ja, das machen wir Vater. Ich bin sogar ein bisschen neugierig, was da alles zu Tage kommt. Im Keller von Oma ging es immer etwas geheimnisvoll zu. Was in den drei kleinen Kisten ist, hat sie mir weder als Kind noch später verraten. Sie sagte nur, die sind von ihren Eltern. Hat sie dir denn nie davon erzählt, Vater?

Friedhelm H.: So ist es. Was sie enthalten, darüber hat Mutter nicht mit mir gesprochen.

Rainer Sch.: Wartet ab. Wenn wir ausräumen, werden wir sehen, was für Schätze und Geheimnisse Omas Keller birgt.

2. Szene

In der Wohnung der Verstorbenen. Agnes und Rainer Scholz, Friedhelm Hilmers

Rainer Sch.: Sind das die Kisten?

Zeigt auf drei grau gestrichene Holzkisten, ähnlich Munitionskisten. Die Kisten sind geöffnet. Zwischen Holzwolle wird ein Porzellanservice sichtbar. Rainer nimmt einen Teller und dreht ihn um.

Die blauen Schwerter. Das ist Meißner Porzellan. Aber die Form der Schwerter, anders, als sie mir von heute bekannt sind.

Agnes Sch.: *(zu ihrem Vater)* Wo hat Oma das her?

Friedhelm H.: Mädchen, ich sagte doch, ich weiß es nicht. Als Oma, meine Oma, 1957 starb, haben sich die Frauen um alles gekümmert. Wir können beide nicht mehr fragen. Aber wenn du näheres wissen willst, ich kenne den ehemaligen Direktor unserer Gießerei, Herrn Altmann. Er kennt sich mit so etwas aus.

Rainer Sch.: Wir wissen ja nicht einmal, ob die Urgroßeltern das Porzellan erworben haben oder ob sie es von ihren Eltern geerbt haben. ... Und nun ist es von Generation zu Generation weiter vererbt worden.

Friedhelm H.: Ehe wir weiter über die Herkunft rätseln, schlage ich vor, dass Agnes sich einmal mit Herrn Altmann unterhält. Er wohnt gleich ein paar Häuser weiter um die Ecke.
Aber Kinder schaut euch um, die Wohnung muss ausgeräumt, der Haushalt aufgelöst werden. Das bereitet mir mehr Kopfzerbrechen als die drei Kisten. Das Porzellan läuft uns nicht weg - und altmodisch kann es auch nicht werden. Es ist ja schon alt, wie du festgestellt hast, Rainer.

Rainer Sch.: Du hast Recht, Vater. Porzellan kann nicht rosten und nicht schimmeln.

Alle lachen.

3. Szene

Hans Altmann in seiner Wohnung. Es klingelt.

Hans A.: *(im Selbstgespräch)* Das wird dem Friedhelm seine Tochter sein. Mal hören, was die will. Der Friedhelm glaubt, von seiner Großmutter wertvolles Meißner Porzellan geerbt zu haben. Was man mir aus Nachlässen schon an altem Geschirr gezeigt hat und welche Hoffnungen die Erben daran knüpften... In manchen Fällen konnte ich nur vorschlagen, es bis zum nächsten Polterabend aufzuheben. Mal sehen, ob es sich wieder um ein solches Polterabendgeschirr handelt?

Geht öffnen und betritt gemeinsam mit Frau Scholz das Wohnzimmer.

Agnes Sch.: Guten Tag, Herr Altmann. Jetzt, wo ich Sie so wiedersehe, erinnere ich mich an Sie. Sie waren auch bei meinen Urgroßeltern auf Besuch.

Hans A.: Das ist lange her, junge Frau. Ich hätte Sie nicht wiedererkannt. Wie sagt man zu Kindern, die man lange Zeit nicht gesehen hat? "Du bist aber groß geworden!" - Aber was sagt man, wenn aus einem kleinen Mädchen eine attraktive junge Frau geworden ist?

Agnes Sch.: *(lächelt)* Das haben Sie nett gesagt. Schade, man hört solche Worte leider viel zu selten.

Hans A.: Das glaube ich Ihnen. Aber wir waren in jungen Jahren auch nicht anders und haben es unseren Frauen viel zu selten gesagt. - So, nun habe ich genug Süßholz geraspelt. Um was geht es?

Agnes Sch. *Entnimmt ihrem Beutel einige Musterstü-*

ke und reicht sie ihm hin.

Das ist es. Wir wissen nur, dass es sich um Meißner Porzellan handelt.

Hans A.: *(Stutzt, fährt prüfend über den Tellerrand und schüttelt den Kopf, als er die Rückseite des Tellers betrachtet.)*
Das Porzellan ist aus den Marcolinischen Sammlungen. Stücke aus der Sammlung habe ich zuletzt gesehen - warten Sie mal, dass muss so Anfang der vierziger Jahre 1942 oder 43 gewesen sein. Seit 1945 war es dann verschwunden. Es hat einem gewissen Born, dem Gießereibesitzer gehört. Er konnte es bei seiner Flucht nach dem Krieg nicht mitnehmen. Wie kommen Sie an dieses Porzellan?

Agnes Sch.: Bei der Haushaltauflösung meiner verstorbenen Großmutter haben wir drei Kisten mit diesem Geschirr gefunden.

Hans A.: Sagten Sie Geschirr?! Versuchen Sie bitte nicht, es zu gebrauchen. Wenn Ihnen eine Tasse oder Teller kaputtgeht, nicht auszudenken. Für einen Teller dieses Porzellans könnten Sie in der HO ein komplettes Service aus Gebrauchsporzellan erwerben. Ich sage das, damit Sie in etwa eine Vorstellung vom Wert haben.

Agnes Sch.: Ist das so wertvoll?

Hans A.: Wie wertvoll kann ich erst sagen, wenn ich alles gesehen habe. Aber so wie ich die Sammlung in Erinnerung habe...

Agnes Sch.: *(ungeduldig)* Was schätzen Sie etwa?

Hans A.: *(lächelt)* Ein Jahresgehalt müssen Sie für die Erbschaftssteuer schon einplanen, wenn Sie es angeben. - Wer war Ihre Großmutter?

Agnes Sch.: Meine Großmutter hieß Renate Hilmers. Sie war eine geborene Wegner.

Hans A.: Die Frau Hilmer war Ihre Großmutter? Ich kannte nicht nur Ihre Großmutter, sondern auch Ihre Urgroßeltern. Herr Wegner, Ihr Urgroßvater war Prokurist bei Born und dann ein paar Jahre Hauptbuchhalter. - Ihr Urgroßvater, ich und die Russen suchten damals das Porzellan. Es war nach der Flucht der Borns ebenfalls verschwunden. Später versuchten die Borns noch einmal an das Porzellan heranzukommen und schickten ihren Sohn mit einem Freund in die Ostzone zu uns. Die Herren, so sagte mir Ihr Urgroßvater, hatten sich in seiner Gartenlaube eingenistet. Daraufhin habe ich die Kommandantur verständigt und es gelang auch, einen festzunehmen. Dem jungen Born gelang die Flucht. Von dem Moment an wussten wir, dass das Porzellan nicht von den Borns mitgenommen worden war. Sonst hätten sie nicht eine solche Aktion gestartet. Ihr Urgroßvater konnte damals alle Verdachtsmomente entkräften. Danach geriet das Porzellan in Vergessenheit. Demnach hatten Ihre Urgroßeltern doch mit der Sache zu tun.

Agnes Sch.: Wollen Sie behaupten, meine Oma ist eine Diebin gewesen?

Hans A.: Nicht Ihre Frau Großmutter. Der Vorwurf, oder wenn Sie so wollen, der Verdacht, trifft eher auf Ihre Urgroßeltern zu. Aber da Ihre Großmutter das alles so schön versteckt hatte, nehme ich doch an, sie hat gewusst, was sie da aufbewahrt. Besonders glücklich wird Sie das Porzellan nicht machen. Solcherlei Erbgut, glauben Sie mir junge Frau, bringt nur Ärger. - Haben Sie noch Geschwister?

Agnes Sch.: Nein und auch keine Kinder, vorerst. Erbe ist mein Vater, Herr Hilmers.

Hans A.: Ja, der Friedhelm. Wie geht es Ihrem Vater?

Agnes Sch.: Nicht besonders, seit unsere Mutter vor fünf Jahren gestorben ist, lebt er schlecht und recht allein.

Hans A.: Ja allein ist schwer. Aber sagen Sie Ihrem Vater, was er da geerbt hat:
Diebesgut ist nicht ohne weiteres an die Erben des Diebes vererbbar. Meines Wissens haben die Russen das Porzellan gleich 1945 auf ihre Fahndungsliste gesetzt.

Agnes Sch.: Was vor fünfunddreißig Jahren war, ist verjährt. Außerdem sind wir keine Besatzungszone mehr, sondern leben in einem Staat mit eigener Polizei und Justiz.

Hans A.: Ich bin kein Jurist Frau Hilmers...

Agnes Sch.: Ich heiße Scholz.

Hans A.: Verzeihung, Frau Scholz. Die Rechtslage kann ich Ihnen nicht erläutern. Sie können sich erkundigen. Dann wecken sie womöglich "schlafende Hunde". Ich befürchte, die Sache wird nicht einfach. Da Sie heute erst zu mir kommen, scheinen der Verblichenen schon ähnliche Bedenken gekommen zu sein. Denn sonst hätte ja Ihre Großmutter bereits, als sie das Erbe übernahm, an den Verkauf denken können. Ihre Urgroßeltern sind in den fünfziger Jahren gestorben, wenn ich mich richtig erinnere. Damals gab es noch keine Mauer. Sie hätten versuchen können, es für D-Mark im Westen zu verkaufen.

Agnes Sch.: Sie hatten vielleicht Angst vor den Born´s, wenn es so ist, wie Sie vermuten.

Hans A.: Sehen Sie, dass ist auch so ein Knackpunkt. Was machen Sie, wenn Herr Born, der Juniorchef, was er nie geworden ist, oder einer seiner Kinder plötzlich davon erfährt und bei ihnen vor der Tür steht. Er darf ja in die DDR kommen.

Agnes Sch.: Was schlagen Sie uns vor?

Hans A.: Bringen Sie mal die gesamte Sammlung vorbei oder ich sehe Sie mir bei Ihnen einmal an. Dann sollte Ihr Vater zu einem Rechtsanwalt gehen oder bei der Polizei Anzeige gegen seine Großeltern erstatten.

Agnes Sch.: Außer Ihnen kennt aber keiner die Herkunft des Porzellans.

Hans A.: Das ist es ja. Auch ich werde ab heute nicht mehr ruhig schlafen können. Ich bin für Sie und ihren Vater eine ständige Gefahr, weil ich das Geheimnis um das Porzellan kenne.

Agnes Sch.: Lassen Sie es gut sein, Herr Altmann. Wir sind keine Mörder. Weder mein Vater noch ich, können einer Fliege was zuleide tun. Vorerst besten Dank für Ihre Auskünfte.

Hans A.: Grüßen Sie Ihren Vater von mir. Ich werde kommen, mir das alles anzusehen. Vielleicht sollte ich mich auch mit Ihrem Vater in Ruhe unterhalten.

Agnes Sch.: Ja, so verbleiben wir.

Gibt ihm die Hand und geht ab.

4. Szene

In der Wohnung von Friedhelm Hilmers. Der Hausherr mit Hans Altmann.

Hans A.: Ich schlage vor, wir bleiben beim "Du", wie früher.

Friedhelm H.: Einverstanden. So hat das Porzellan wenigstens sein Gutes: Wir haben uns seit langem wieder einmal getroffen.

Hans A.: So ist es, Friedhelm. Aber nun zu deiner sogenannten Erbschaft. Nachdem ich das gesamte Service gesehen habe, bin ich mir vollkommen klar darüber, dass es sich um das Marcolinische Porzellan der Borns handelt. Ich bin mir jetzt fast sicher, dass deine Großeltern dieses Porzellan beiseite brachten und seine Beschlagnahmung verhinderten. Heute würde man das Diebstahl an gesellschaftlichem Eigentum nennen.

Friedhelm H.: *(erschrickt)*: Was soll ich machen? Ich bin doch kein Dieb! Andererseits fällt es mir schwer, es so ohne weiteres abzugeben. "Danke" sagt Vater Staat bestimmt nicht, wenn man als ehrlicher Finder auftritt.

Hans A.: Das sehe ich auch so. Ich sagte schon zu deiner Tochter - sie ist übrigens eine schöne Frau geworden - jünger müsste man sein...
Ja, was sagte ich? Ich kenne die Rechtslage auch nicht. ...und bei einer dreiviertel Million Zeitwert, da geht es oft nicht immer nach den Buchstaben des Gesetzes.

Friedhelm H.: Eine dreiviertel Million, 750.000 Mark?!

Hans A.: Deutsche Mark, Friedhelm. Nicht Mark der DDR. Davon kannst du dir nicht nur einen neuen "Wartburg" kaufen. Das reicht dann für je einen "Mercedes" für dich und deine Kinder. Und übrig bleibt doch noch allerhand.

Friedhelm H.: Da kann einem ganz schwindlig werden.

Hans A.: Beruhige dich. Der Wert ist doch fiktiv. Oder, wo willst du jemanden finden, der dir soviel zahlt?

Friedhelm H.: Bei uns nicht, aber drüben fände ich bestimmt einen Käufer.

Hans A.: Dafür bist du noch zu jung. Wie alt bist du?

Friedhelm H.: Sechsundfünfzig.

Hans A.: Also, in neun Jahren könntest du dann das Porzellan in den Westen bringen und verkaufen. Aber da du keine Verbindungen hast, werden dir die Kunsthändler vielleicht nur zwei Drittel oder nur die Hälfte bezahlen.

Friedhelm H.: 400.000 DM auf die Hand wären auch ganz schön. Das Ganze mal fünf, wären dann zwei Millionen Ost. Für einen Rentner wie mir, reicht es. - Du meinst Hans, ich soll es wie meine Mutter machen, das Porzellan wieder einpacken und stehen lassen?

Hans A.: Ja, neun Jahre sind ein überschaubarer Zeitabschnitt. Da kannst du noch einmal alles überdenken.

Friedhelm H.: Hier nimm sie! Als Souvenir und Dank.

Gibt ihm eine kleine Vase.

Aber behalt das für dich. Das müssen meine Kinder nicht wissen.

Hans A.: Wie werd ich denn... - *geht ab.*

Friedhelm H.: *Im Zimmer auf und ab gehend im Selbstgespräch.*

> Im Nehmen sei nur unverdrossen,
> Nach allem andern fragt hernach.
> Zwar nehmen ist recht gut,
> doch besser ist´s: Behalten.

Der Goethe hatte auch für jede Situation einen Spruch bereit. Ja, Hans hat Recht. Erst einmal wegpacken und warten. Es wissen jetzt zu viele von der Fragwürdigkeit dieses Erbes. Ich habe Hans als Fremden einbezogen. Aber auch Agnes und Rainer sind letztlich Mitwisser.

Man hört, wie die Wohnungstür aufgeschlossen wird. Agnes Sch. kommt herein und begrüßt ihren Vater mit einem flüchtigen Kuss.

Agnes Sch.: Guten Abend, Vater. Wie geht es dir? Soll ich dir was kochen?

Friedhelm H.: Danke nein. Komm, setz dich her! Ich

muss dir was erzählen. Herr Altmann war bei mir und hat mir von seiner Schätzung erzählt.   ... Und dann haben wir beraten.

Agnes Sch.: Was schätzte er? Was habt ihr beraten?

Friedhelm H.: Er meint, die drei Kisten sind 400.000 DM wert. Das mal fünf, sind zwei Millionen Mark der DDR. Aber Agnes, der Wert ist das eine, zu diesem Preis v e r k a u f e n, das andere. Es ist gut, zu wissen. Mehr nicht.

Agnes Sch.: Was willst du tun, Vater? Wenn es uns gelingt, das Porzellan eins zu eins für 400.000 Ost abzusetzen, wäre doch prima. Etwas Geld könnten Rainer und ich schon gebrauchen.

Friedhelm H.: Und wenn ich das Porzellan wieder verpacke, wie einst Oma? In neun Jahren bin ich Rentner und versuche es dann drüben zu Geld zu machen.

5. Szene

Wenige Wochen später. Der Hausherr, Friedhelm Hilmers mit Tochter und Schwiegersohn Agnes und Rainer Scholz.

Agnes Sch.: Hier Vater, lies einmal. Wenn du es gelesen hast, überlegst du dir es doch noch einmal anders.

Friedhelm H.: *Liest ein Antwortschreiben des Staatlichen Kunsthandels an seine Tochter.* Was Kinder, ihr habt hinter meinem Rücken das Porzellan zum Verkauf angeboten. Ich hatte gesagt, ich mache es wie Oma und warte ab. Da könnt ihr nicht das Porzellan, das euch nicht gehört, zum Verkauf anbieten.

Rainer Sch.: Vater, es war ein Experiment. Wir wollten nur mal sehen, wie das läuft und was dabei herausspringt. Dem Preisangebot in dem Brief nach zu urteilen scheint Herr Altmann doch richtig geschätzt zu haben.

Friedhelm H.: Ihr seid naiv, euch an den staatlichen Kunsthandel zu wenden. Die wollen vielleicht einen Herkunftsnachweis, einen Erbschein oder andere Unterlagen einsehen. Soll ich denen sagen: "Das Porzellan haben meine Großeltern 1945 beiseite geschafft, und ich will es jetzt zu Geld machen." Kinder, das war sehr unvorsichtig. Wenn die herausbekommen, woher das Porzellan stammt, dann sind wir es los und müssen froh sein, nicht noch belangt zu werden.
(Macht die Fingergeste des Bezahlens.) Ich bitte dich, Agnes, schreib denen ab und wir lassen es ruhen. Wenn ich Rentner bin, werde ich sehen, was sich machen lässt.

Agnes Sch.: Vater, lass uns nur etwas anbieten. Den größten Teil kannst du dann immer noch in den Westen bringen und zu Geld machen. Aber verkaufe wenigstens soviel, dass wir Geld für ein Auto haben. So für etwa zwanzig bis fünfundzwanzigtausend.

Friedhelm H.: Nein, nicht ein Stück. Wenn erst etwas in der Öffentlichkeit erscheint, dann wird vielleicht nach dem Rest gesucht. Ich will das nicht, ich will meine Ruhe!

Rainer Sch.: Lass uns nur die paar Stücke verkaufen, die wir noch haben. Wir geben uns als Besitzer aus und du bleibst außen vor. Besitznachweise haben wir nicht.

Damit werden auch keine anderen Namen bekannt, außer unseren, den der Kunsthandel mittlerweile kennt. ...und dabei soll es auch bleiben. Könntest du damit leben, Vater?

Friedhelm H.: Also gut. Ihr gebt euch als die Erben aus. Mich lasst ihr aus dem Spiel. Die müssen nicht wissen, dass es von dem Porzellan noch mehr gibt.

6. Szene

Büro des Staatlichen Kunsthandels. Der Leiter der Abteilung Herr Dr. Schröder und sein Mitarbeiter Herr Kleiber.

Roland K.: Ich habe mir die zum Verkauf angebotenen Stücke bei der Inserentin, Frau Scholz, angesehen. Es handelt sich einwandfrei um Stücke aus dem 18. Jahrhundert. Die Frage nach dem woher habe ich vermieden. Gegen Quittung war sie bereit, mir Muster dieses Services zu überlassen. Hier sind sie.

Dr. Oliver Sch.: Darf ich mal sehen?

Roland K.: Bitte.

Dr. Oliver Sch.: Wurden Preisvorstellungen genannt?

Roland K.: Ja, Stückpreise zwischen vier- und sechstausend Mark. Daraus konnte man schließen, dass die Inserentin ungefähr weiß, was sie da verkaufen will.

Dr. Oliver Sch.: Anfüttern. Preisangebot vorlegen. Etwa dreiviertel des gewünschten Betrages anbieten. Natürlich unter Vorbehalt einer endgültigen Schätzung durch einen Sachverständigen. Versuchen Sie festzustellen, ob noch mehr als das uns vorgelegte Porzellan vorhanden ist. Wenn wir dann den mehr oder weniger "großen Fisch" an der Angel haben, müssen wir versuchen, die Sammlung so preiswert wie möglich und so umfangreich wie möglich zu erwerben. Vielleicht lässt sich ein unklarer oder unrechtmäßiger Besitz erkennen. Damit steigen unsere Gewinnchancen erheblich. So nach dem Motto. "Kein Verkauf, keine Strafverfolgung." Ehe es soweit ist, brauchen wir Detailkenntnisse.

Nimmt eine Tasse in die Hand und dreht sie hin und her, überlegt.

18. Jahrhundert, zweifellos. Ich würde sogar vermuten, aus der Sammlung des Grafen Marcolini.

Steht auf und holt eine Mappe aus dem Regal, blättert wortlos.

Hören Sie *(zitiert)*:
"Marcolinisches Porzellan ... etwa die Hälfte in Privatbesitz hauptsächlich in Sachsen. Es wird eingeschätzt, dass etwa 35 % des bekannten Umfangs nach dem zweiten Weltkrieg als verschollen gelten."
Nun zählt man die Museumsverluste auf. Mal sehen ob auch private Verluste registriert sind? *(blättert weiter und liest)* Sammlung v. Aldensleben, Sammlung Born, ... derer v. Rammenau, na usw. usf. Das müssen wir nachprüfen. Vielleicht sind unsere Inserenten im Besitz gesuchter Stücke.

Roland K.: Sie vermuten, Herr Doktor, dass uns ein "großer Fisch in´s Netz gegangen" ist? Ich werde dranbleiben und mich auch unter den Porzellansammlern ein bisschen umhören...

7. Szene

Dienstzimmer der Kriminalpolizei. Leutnant der Kriminalpolizei Kiel bei der Vernehmung des festgenommenen Curd Bartel.

Uwe K.: *(scharf)* Herr Bartel, ich wiederhole mich nicht gern. Wo waren Sie am letzten Mittwoch?

Curd B.: Woher soll ich das jetzt noch wissen? Ich habe kein Notizbuch. Ich habe nicht einmal eine Uhr.

Uwe K.: Aber ich weiß es. Sie haben einen Keller aufgebrochen und dieses Porzellan mitgehen lassen.

Curd B.: Ich gebs ja zu, es war ein Versehen. Man hat mir einen Tipp gegeben, dass dort Badfließen zu finden sind. Statt dessen finde ich dieses Geschirr. "Na ja, wenigstens Meißner Porzellan", dachte ich mir. Ich habs an den blauen Schwertern erkannt. Darin kenn ich mich aus.

Uwe K.: Sie kennen sich da aus. Herr Bartel, was machen sie eigentlich beruflich, wenn sie mal arbeiten?

Curd B.: Ich bin Heizer auf einer E-Lok.

Uwe K.: *(bleibt ungerührt)* Erklären Sie mir das näher.

Curd B.: Na ja, kleiner Scherz. Nachdem die Reichsbahn anfing zu elektrifizieren, wurden die Dampfloks reduziert. Bissel Rangierverkehr und Güterzüge fuhren noch mit Dampf. - Ich sollte mich vom Heizer zum Triebfahrzeugführer qualifizieren. Habe es aber nicht geschafft.

Uwe K.: Na, lassen wir das erst einmal. Zurück zu diesem Porzellan. Was hatten Sie denn damit vor?

Curd B.: Da finden sich immer Leute...

Uwe K.: (*ihn unterbrechend*) Moment mal! Es ist doch ein Unterschied, ob Sie ein altes Fahrrad oder ein Kofferradio in Ihrer Stammkneipe an den Mann bringen wollen oder wertvolles Porzellan. Dafür werden sie in Ihrem Kundenkreis kaum Abnehmer finden. Was schätzen Sie, was so etwas Wert ist? (*Hält eine Tasse hoch.*)

Curd B.: Na vielleicht zweihundert Mark.

Uwe K.: Ich sagte doch, das ist kein altes Kofferradio. Sie können getrost eine Null daran hängen. Wir haben das prüfen lassen. Was Sie da gestohlen haben, ist Porzellan aus dem 18. Jahrhundert und kein Gebrauchsporzellan aus dem Konsum oder der HO. Ich sage Ihnen das, damit Sie sich darauf einstellen können. Mit Bewährung ist es dieses Mal nicht abgetan.

Curd B.: Aber Herr Leutnant, woher soll ich das wissen?

Uwe K.: Das wird das Gericht entscheiden. (*klingelt*)

Curd B. wird von einem Hauptwachtmeister abgeführt. Gleichzeitig betritt Leutnant Mehnert das Zimmer.

Curd B.: Eine Frage Herr Leutnant: Wer hat mich verpfiffen?

Uwe K.: Niemand, wir waren diesmal schneller.

Curd B. geht mit dem Hauptwachtmeister ab.

Wolfgang M.: Im ernst Uwe, woher wusstest du von dem Porzellan?

Uwe K.: Ich erhielt einen Anruf. Eine etwas konfuse Stimme eines älteren Mannes erzählte was von zweimal gestohlenem Marcolinischem Porzellan. Erst wäre es 1945 verschwunden, jetzt in einer Erbmasse wieder aufgetaucht, um vorige Woche, bei einem Kellereinbruch erneut gestohlen zu werden. Die Erben, also die Bestohlenen hätten ihn beschuldigt. Deshalb bittet er uns um Polizeischutz. Er konnte mir die Adresse des Tatortes und die Namen der Geschädigten nennen. Der Name des Anrufers war Hans Altmann.

Wolfgang M.: Wie bist du trotzdem so schnell auf den Bartel gekommen?

Uwe K.: Die Spurensuche hat eindeutig seine Handschrift ermittelt. Da Bartel gerade wieder draußen ist, war alles andere relativ einfach. Glücklicherweise war, wie uns die Geschädigten inzwischen bestätigt haben, noch alles vollständig.

Wolfgang M.: Damit kann der angeforderte Polizeischutz für Herrn Altmann entfallen.

Uwe K.: So ist es. Ich habe den Geschädigten, Herrn und Frau Scholz mitgeteilt, dass wir den Täter bereits haben. Von dem Anruf des Altmann und dessen Verdacht gegen die beiden habe ich nichts verlauten lassen.

Wolfgang M.: Draußen wartet ein Herr vom staatlichen Kunsthandel. Ein gewisser Herr Kleiber (*blickt auf sein Notizbuch und wiederholt*), Roland Kleiber.

Uwe K.: Der Herr kommt gerade zur rechten Zeit. Hören wir uns an, was er zu sagen hat. (*Herr Kleiber wird hereingebeten.*)

Roland K.: Guten Tag, die Herren.

Uwe K.: Womit können wir Ihnen helfen?

Roland K.: Wir sind da einer noch etwas mysteriösen Sache auf der Spur und bitten Sie, eventuell bei der Anzeigenkontrolle oder Ihren kriminalpolizeilichen Ermittlungen um Unterstützung.

Wolfgang M.: Geht es bitte etwas konkreter, Herr Kleiber?

Roland K.: Sagt Ihnen der Begriff Marcolinisches Porzellan etwas?

Kiel und Mehnert schauen sich vielsagend an.

Uwe K.: Müssen wir den Herrn kennen?

Roland K.: Camillo v. Marcolini lebte von 1739 bis 1814, war Kammerherr des sächsischen Kurfürsten August des Dritten, das war der Sohn August des Starken. Marcolini war nicht nur Kammerherr, sondern auch Leiter der Porzellanmanufaktur in Meißen. Das Marcolinische Palais ist heute ein Krankenhaus in Dresden...

Uwe K.: In der Fingerabdruckkartei haben wir den

Herrn v. Marcolini somit nicht.

Roland K.: Es ist zu erwarten, dass diverse Stücke aus privaten und musealem Besitz in den Handel gebracht werden sollen. Wir vom Kunsthandel suchen verstärkt nach der sogenannten "Sammlung Born".

Wolfgang M.: Dürfen wir Ihnen etwas zeigen?

Greift nach der Tasse aus dem Bartelschem Diebesgut und hält sie Kleiber hin.

Roland K.: Woher haben Sie das? Stücke dieser Sammlung wurden uns vor kurzem zum Verkauf angeboten. Die wirklichen Besitzverhältnisse sind aber noch nicht klar.

Uwe K.: Diese Tasse und ein ganzes Service wurden einer Familie Scholz gestohlen...

Roland K.: (*Kiel ins Wort fallend*) Scholz sagen Sie? Eine Frau Scholz wollte uns das als Ererbtes verkaufen. Aber es bestehen Zweifel an der Rechtmäßigkeit des Besitzes.

Uwe K.: Diesen Zweifel haben wir auch. Wir erhielten einen Anruf, dass dieses Porzellan 1945 schon einmal gestohlen wurde.

Roland K.: Können Sie mir den Mann nennen? Er kann uns als Zeitzeuge vielleicht weiterhelfen.

Uwe K.: So einfach geht das nicht. Der Mann fühlt sich von dem Dieb oder dessen Nachfahren bedroht.

Roland K.: (*aufstehend*) Sie haben uns schon sehr geholfen. Bitte geben Sie das Porzellan nicht dieser Familie Scholz zurück bis wir die Herkunft geklärt haben ... und vielleicht können Sie Ihren Informanten überzeugen, uns zu helfen.

8. Szene

Im Büro des staatlichen Kunsthandels. Dr. Schröder am Schreibtisch sitzend, Kleiber betritt das Zimmer.

Dr. Oliver Sch.: Was haben Sie bei der Kriminalpolizei in Erfahrung bringen können?

Roland K.: Die Ereignisse überstürzen sich. Das Porzellan wurde aus dem Keller der Familie Scholz gestohlen. Der Dieb ist bereits hinter Schloss und Riegel. Die gesamte Sammlung Born ist in den Händen der Kripo.

Dr. Oliver Sch.: Was besseres kann uns nicht passieren. Jetzt können wir die Sammlung sicherstellen lassen und müssen uns nicht mit der Salamitaktik der Erben herumschlagen.

Roland K.: Ich habe noch eine gute Nachricht: Die Kripo erhielt einen Anruf, dass das Porzellan bereits 1945 schon einmal gestohlen worden sei. Erst wollten mir die Herren von der K den Namen des Anrufers nicht nennen. Aber dann kam mir der Kommissar Zufall zu Hilfe. Ein älterer Herr sprach mich auf der Treppe an und fragte, ob ich Leutnant Kiel sei. *(Unterbricht und blättert in seinem Notizbuch.)*
Der Anrufer und der Mann auf der Treppe sind identisch. Er heißt Hans Altmann, war Gießermeister bei Born und nach dessen Flucht Werkleiter. Die Scholz

war bei ihm, und er hat das Porzellan als das Bornsche wiedererkannt. Und - jetzt kommt es: Der Urgroßvater von Frau Scholz war Prokurist bei Born.

Dr. Oliver Sch.:(*steht auf und geht erregt hin und her*) In den Nachkriegswirren wechselten viele Kunstgegenstände den Besitzer. Ob musealer Besitz oder privater, nichts blieb verschont. Die Frage ist nun, wem gehört jetzt das Porzellan? Den Borns, ihnen wurde es offensichtlich von ihrem Prokuristen gestohlen. Wie hieß der?

Roland K.: Horst Wegner. Er starb 1955.

Dr. Oliver Sch.: Meines Wissens wurden die Borns damals enteignet. Wie sonst hätte der Altmann sonst Werkdirektor werden sollen?

Roland K.: Das hat mir dieser Altmann auch bestätigt. Er hat damals mit dem sowjetischen Ortskommandanten nach dem Porzellan gesucht. Die Borns übrigens auch. 1947 wurde der Sohn gemeinsam mit einem Freund bei ihren Erkundungen aufgegriffen. Dem Born Junior gelang die Flucht, seinem Komplizen (*ins Notizbuch schauend*), einem gewissen Peter Körner, wurde der Prozess gemacht. Das Porzellan blieb jedoch unauffindbar.

Dr. Oliver Sch.: Demnach ist das Porzellan rein rechtlich seit 1945 Volkseigentum und gehört weder den Borns noch den Scholzens. Die Volkspolizei muss sichern, dass das Porzellan nicht zurückgegeben wird und feststellen, ob noch mehr davon, vielleicht in der Wohnung liegt, was dem Einbrecher entgangen ist.
Wir sollten den Ganoven zur Auszeichnung vorschlagen . - *beide lachen.*

Roland K.: Was wird mit dem Porzellan? Wenn es damals gefunden worden wäre, stände es heute in einem Moskauer oder Leningrader Museum.

Dr. Oliver Sch.: Eine interessante Frage. So viel mir bekannt ist, sehen die zwischenstaatlichen Abkommen keine Auslieferung vor, zumal das Gros der nach fünfundvierzig beschlagnahmten Kunstgegenstände inzwischen zurückgegeben wurde. Wenn wir das Marcolinische Porzellan haben, werden wir es zum Verkauf anbieten.

Roland K.: Ich dachte, das bekommt dann die Porzellanmanufaktur in Meißen oder die Porzellansammlung in Dresden.

Dr. Oliver Sch.: Auch denkbar. Aber bei unserer Devisenknappheit werden sich Ihre Vorstellungen kaum realisieren lassen. Der Gesamtwert der Sammlung ist beträchtlich und zahlungskräftige Käufer gibt es in Westeuropa und Übersee genug.

9. Szene

Leutnant Kiel in der Wohnung bei Familie Scholz

Uwe K.: (*einen Hausdurchsuchungsbefehl hochhaltend*) Ich frage Sie offiziell, besitzen Sie noch mehr von diesem Porzellan, was nicht dem Dieb und damit uns in die Hände gefallen ist?

Agnes Sch.: Wir wurden bestohlen. Wieso behandeln Sie uns wie Verbrecher?

Uwe K.: Zeigen Sie uns ein Zertifikat aus dem hervorgeht, dass dieses Porzellan rechtmäßiger Familienbesitz ist. Nach unseren Erkenntnissen wurde das Porzellan 1945 von Ihrem Urgroßvater aus der Villa des Gießereibesitzers Born gestohlen. Wir wissen auch, dass Sie, nachdem Ihr Vater das Erbe angetreten hatte, Erkundigungen über die Herkunft und den Wert des Porzellans eingezogen haben. Dabei wurde Ihnen dieser Fakt bekannt. Wäre es nicht zu dem Einbruch gekommen, hätten Sie versucht, das Porzellan zu verkaufen. Die Muster, die Sie beim staatlichen Kunsthandel vorgelegt haben, sind uns bekannt.

Agnes Sch.: Wir sind keine Diebe! Ich wurde erst 1950 geboren und mein Mann war damals noch ein Kleinkind.

Uwe K.: Den Vorwurf macht Ihnen auch keiner. Wir sehen von einer Strafverfolgung ab, wenn Sie jetzt den angeblichen Familienbesitz offen legen. Die Enteignung erfolgt entschädigungslos. Sollten Sie jedoch versuchen, Teile des Services beiseite zu schaffen, haben Sie mit strafrechtlichen Konsequenzen zu rechnen. Das gilt auch, wenn noch andere lebende Familienangehörige im Besitz einzelner Stücke sind.

Rainer Sch.: Nein, wir haben nichts mehr.

Uwe K.: *(an Rainer Scholz gewandt)* Auch Ihr Schwiegervater, der eigentliche Erbe, hat nichts mehr?

Agnes Sch.: Lassen Sie meinen Vater aus dem Spiel. Der regt sich so wie so viel zu sehr auf. Darum haben wir das alles in die Hand genommen.

Uwe K.: Ich habe Sie hiermit belehrt und verzichte auf eine Hausdurchsuchung. Die strafrechtlichen Konsequenzen, die sich für Sie und Ihren Vater ergeben, wenn Sie etwas von dem aufgefundenen Porzellan behalten sollten, sind Ihnen klar.
(*Geht ab.*)

Rainer Sch.: (*wütend*) Da haben wir's. Von wegen das große Geld machen! Hätten wir auf Vater gehört.

Agnes Sch.: Hätten, hätten, hätten... . Der Altmann ist an allem Schuld. Der hat uns verpfiffen.

Rainer Sch.: Der Kerl soll mir das büßen. In Geld, in richtigem Geld könnten wir schwimmen. Ich darf gar nicht nachdenken... und nun, alles futsch.

Agnes Sch.: Was hast du vor?

Rainer Sch.: Heute nichts mehr.

10. Szene

Die beiden Kriminalisten Kiel und Mehnert in ihrem Dienstzimmer. Das Telefon klingelt. Kiel hebt ab.

Uwe K.: Kiel, hier.

....

Uwe K.: Ja, den Fall bearbeiten wir.

....

Uwe K.: Verdachtsmomente gibt es viele. Eine Vase aus Meißner Porzellan haben Sie bei dem Toden gefunden?

......

Uwe K.: Einen Abschiedsbrief an mich! Ich wollte schon sagen, wieso die Mordkommission so schnell auf unsere Abteilung gestoßen ist.

......

Uwe K.: Eine Liste der Verdächtigen stellen wir euch gerne zusammen. Kann ich den Brief und die Vase bekommen?

......

Uwe K.: Ja, ich schicke Leutnant Mehnert zu Ihnen (*legt auf*).
Die Mordkommission teilt uns mit, dass Hans Altmann tot in seiner Wohnung aufgefunden wurde. Geh doch bitte mal rüber und lass dir die Unterlagen geben.
(*Mehnert geht ab. Kiel allein im Selbstgespräch.*)
Ach, jetzt habe ich vergessen, ihm die Namen der Verdächtigen mitzugeben. Wer kommt denn alles in Frage? Das Ehepaar Scholz und der Friedhelm Hilmers als der eigentliche Erbe. Bartel? Nein, der sitzt. Die Männer vom Kunsthandel brauchen niemanden umzubringen, ihnen wird das Porzellan auf dem Tablett serviert. Wenn der Tod mit der aufgefundenen Porzellansammlung in Verbindung steht, dann nur die Drei.

Mehnert kehrt zurück und hält außer einem Bündel Akten eine kleine Vase in der Hand.

Wolfgang M.: Ich habe mir die Vase angesehen, die stammt eindeutig aus der Sammlung. Die Form der Schwerter sind mit denen auf den anderen Teilen identisch. Darunter lag der Brief. (*liest vor*)
"An die Kriminalpolizei zu Händen Herrn Kiel!
Als man mir vor wenigen Wochen Stücke aus der Marcolinischen Sammlung vorlegte, wusste ich, dass hat nichts Gutes zu bedeuten. Ich bat um polizeilichen Schutz, der mir durch Sie verweigert wurde. Sie hatten ja einen Täter. Ich wäre froh, Sie hätten diesen Mann nicht erwischt, dann hätte ich meinen Polizeischutz erhalten. Wenn Sie diesen Brief bekommen, werde ich nicht mehr leben. Ich kann nur hoffen, dass mein Brief gefunden wird und auch meine Mörder. Suchen Sie die Täter bei denen, die nie Ruhe geben und das Eigenwohl über das Gemeinwohl stellen.
Ihr Hans Altmann."

Uwe K.: Wir müssen die Obduktion abwarten. (*Greift nach einer beschriebenen Seite.*) Hier ist übrigens die Aufstellung der Verdächtigen. Es kommen nur drei Personen in Frage. Woher hat Altmann diese Vase?

11. Szene

Büro im staatlichen Kunsthandel. Herr Kleiber sitzt an seinem Schreibtisch. Auf einem Tisch ist altes Meißner Porzellan aufgebaut. Geschirr aber auch Vasen in verschiedenen Größen, Dosen und Schalen. Dr. Schröder tritt ein und bleibt vor dem Tisch mit dem Porzellan stehen. Vorsichtig nimmt er ein Schälchen in die Hand.

Dr. Oliver Sch.: Es ist immer wieder ein erhebender Anblick, so etwas in natura zu sehen und nicht bloß als

Fotografie in Katalogen und Fachbüchern.

Ja, das ist Porzellan aus der Marcolinischen Ära. Das sieht der Fachmann nicht bloß an der Art der gekreuzten Schwerter. Sehen Sie nur, die Ornamentik, Rokoko lässt grüßen. Wenn das alles vollständig ist, werde ich das Gutachten anfertigen. Die Käufer wollen Expertisen. - Apropos verkaufen, Herr Kollege. Ich habe gestern im Ministerium Ihren Vorschlag, das aufgefundene Porzellan der Meißener Manufaktur oder der Porzellansammlung in Dresden zu übergeben, unterbreitet. Heute, wo ich es vor mir sehe bin, ich froh, nicht bloß die Devisenlage der Republik im Auge behalten zu haben.

Roland K.: Ist das wahr, Herr Doktor, die Born'sche Sammlung soll in Museumsbesitz übergehen? Die Kisten mit dem Porzellan wurden uns gestern, als Sie in Berlin waren, von der Volkspolizei überstellt.

Dr. Oliver Sch.: Nicht ganz. Wir haben einen Kompromiss geschlossen. Die Einzelstücke, wie Vasen, Schalen, einzelne Teller verbleiben in der DDR. Das Service wird auf dem Kunstmarkt angeboten. Man will damit mindestens eine halbe Million US-Dollar Umsatz realisieren. Vielleicht gelingt es uns, durch geschickte Komplettierung noch einige Stücke mehr im Lande zu behalten und trotzdem den angepeilten Verkaufspreis zu erzielen.

Roland K.: Die Polizei hat mir gestern bei der Übergabe mitgeteilt, dass der Informant, Herr Altmann, tot ist. Es steht zu befürchten, dass er eines unnatürlichen Todes gestorben ist. Ein Verdächtiger wurde bisher noch nicht ermittelt.

Dr. Oliver Sch.: Soweit sind wir also schon wieder, dass man einen Menschen für ein paar Tassen und

Vasen umbringt. An Kunst soll man sich erfreuen. Sie soll humane Gefühle im Menschen wecken aber nicht Motivation für inhumanes Handeln sein.

Roland K.: Wenn eine halbe Million Dollar oder umgerechnet fünf bis sechs Millionen DDR-Mark zum Schwarzmarktkurs zur Disposition stehen...

Rainer Scholz betritt das Büro.

Dr. Oliver Sch.: Wer sind Sie? Was möchten Sie?

Rainer Sch.: Das werden Sie noch früh genug erfahren.

Roland K.: (*flüsternd zu Dr. Schröder*) Gehen Sie nach nebenan und rufen Sie die Kriminalpolizei. Leutnant Kiel bearbeitet diesen Fall.

Dr. Schröder geht ab.

(*laut zu Scholz*) Ich halte den Zeitpunkt für gekommen, dass Sie mir jetzt sagen, wer Sie sind.

Rainer Sch.: (*packt Kleiber an den Kragen*) Ihr Diebe, ihr Erbschleicher! Der Staat als Hehler, was! Wann bekomme ich mein Porzellan zurück?

Roland K.: Ich wüsste gern, wem ich es zurückgeben soll.

Rainer Sch.: Mein Name ist Scholz. Wir hatten inseriert. Das Porzellan wurde aus unserem Keller gestohlen.

Roland K.: Dann sind Sie der bestohlene Dieb.

Rainer Sch.: Ich habe bereits der Volkspolizei erklärt....

Roland K.: ...dass Sie das im Keller der Großmutter gefunden haben.

Rainer Scholz verliert die Beherrschung und versucht das Porzellan mit einer Handbewegung vom Tisch zu schieben.

Rainer Sch.: Weg mit dem Porzellan. Dann soll es niemandem gehören.

Kleiber tritt Scholz von hinten in die Kniekehlen und verdreht ihm die Arme auf den Rücken. Da betritt Dr. Schröder das Zimmer.

Roland K.: Herr Doktor geben Sie mir bitte die Rolle Klebeband aus dem Schreibtisch.

Dr. Schröder befolgt die Bitte und Kleiber fesselt Herrn Scholz die Arme auf dem Rücken und setzt den Gefesselten auf einen Stuhl.

Dr. Oliver Sch.: Was geht hier vor? Wer ist der Herr?

Roland K.: Das ist Herr Scholz. Er, bzw. sein Schwiegervater fühlen sich bestohlen. Sie sind die Erben des Diebesgutes.

Rainer Sch.: Ich werde mich beschweren. Ich verklage Sie wegen Körperverletzung und Freiheitsberaubung.

Dr. Oliver Sch.: Herr Scholz, ich habe bereits die Kriminalpolizei verständigt. Bei dem Herrn können Sie dann ihre Beschwerde vorbringen.

Roland K.: (*unvermittelt*) Warum haben Sie Herrn Altmann erschlagen?

Rainer Sch.: Was soll das? Wer sind Sie eigentlich?

Roland K.: Fragen stelle ich.

Rainer Sch.: Sind Sie von der Kripo? Ich denke, Sie sind Kunsthändler.

Roland K.: Es gibt außer der Kriminalpolizei noch andere Ermittlungsorgane, die sich mit Leuten Ihres Schlages beschäftigen.

Rainer Sch.: Können Sie sich ausweisen, wenn Sie mich schon festnehmen?

Roland K.: (*Greift lächelnd in seine Brusttasche und zieht seinen blauen Personalausweis heraus und klappt ihn auf, so dass Scholz ihn lesen kann.*)

Jeder Bürger hat übrigens das Recht, zur Vereitelung einer Straftat, jedermann vorläufig festzunehmen. Und nichts anderes habe ich getan. Aber da ich nur ein einfacher Bürger bin, brauchen Sie mir über den Tod des alten Herrn und den Anteil, den Sie daran haben, nichts zu erzählen.

Rainer Sch.: Ich verlange einen Anwalt.

Roland K.: (*sarkastisch*) Ich will dem Gericht nicht vorgreifen. Was Sie sich allein jetzt und hier geleistet haben, langt zum Einsitzen. Hausfriedensbruch, versuchte Sachbeschädigung im schweren Fall und Widerstand gegen staatliche Maßnahmen.

Die Tür geht auf und Leutnant Kiel betritt mit zwei Schutzpolizisten das Büro.

Dr. Oliver Sch.: Gut, dass Sie kommen! Der Herr hier (*zeigt auf Scholz*) hat ja völlig die Nerven verloren.

Roland K.: (*zu Leutnant Kiel*) Fragen Sie ihn doch mal, was er mit dem alten Herrn Altmann angestellt hat.

Uwe K.: (*reicht Dr. Schröder und Kleiber die Hand*) Besten Dank, dass Sie uns verständigt haben. Ihren Hinweis, Herr Kleiber, geben wir an die Kollegen der Mordkommission weiter.

Die Polizei geht mit Scholz ab. Dr. Schröder und Kleiber wieder allein.

Dr. Oliver Sch.: Herr Kollege, Sie versetzen mich in Erstaunen. Wie der Scholz plötzlich vor Ihnen kniete und wie Sie ihn dann, wie soll ich sagen – ruhig gestellt haben. Ich denke, Sie haben Kunstgeschichte studiert?

Roland K.: Da haben Sie Recht, Herr Doktor. Diese Fähigkeiten hat man mir auch nicht auf der Kunsthochschule vermittelt.

Dr. Oliver Sch.: Und wo lernt man das? So exzellent, wie Sie das beherrschen, stammen Ihre Kenntnisse nicht bloß aus einem Judobuch.

Roland K.: (*ausweichend*) Ich gehe öfters zum Training...

12. Szene

Vier Jahre später. In der Wohnung der Familie Scholz. Agnes sitzt am Tisch und ist mit Näharbeiten beschäftigt, als es klingelt. Sie öffnet die Tür. Vor ihr steht Rainer. Wortlos umarmen sich die beiden.

Agnes Sch.: Du kommst schon heute? Ich wollte dich doch am Gefängnis abholen.

Rainer Sch.: Ist mir die Überraschung gelungen?

Agnes Sch.: Aber ja. *(küsst ihn flüchtig)*

Rainer Sch.: Zwei Jahre haben sie mir geschenkt. Ich weiß heute noch nicht, was ich verbrochen habe. Ich habe den Altmann geschlagen und er ist gestürzt. Gestorben, das hat das gerichtsmedizinische Gutachten eindeutig ergeben, ist er an einem Herzinfarkt. Daraus haben die dann Totschlag konstruiert.

Agnes Sch.: Beruhige dich, Rainer! Das alles weiß ich doch. Frage mich lieber, wie ich mit Vater klargekommen bin. Er hat sich am meisten Vorwürfe gemacht, dich, beziehungsweise uns, da mit hineingezogen zu haben. Wir werden ihn einmal besuchen.

Rainer Sch.: Wir hatten bei uns im Trakt einen Juristen unter uns Gefangenen. Ich habe ihm meinen Fall erzählt. Er war der Auffassung, meine Verurteilung zu sechs Jahren Freiheitsentzug wegen Totschlags sei völlig überzogen, da der Tatbestand des Totschlages nicht gegeben sei. Der Tod des Altmann ist auf natürliche Weise eingetreten. Vielleicht der Aufregung geschuldet aber von mir nicht verschuldet. Für meine Unbeherrschtheit hätte normaler Weise eine Bewährungsstrafe ausgereicht, zumal ich nicht vorbestraft bin. Mit meiner Verurteilung sollte ein Mitwisser zum Schweigen gebracht werden.

Agnes Sch.: Das kam mir auch so vor. Nachdem man dich verurteilt hatte, kamen noch einmal zwei Männer zu mir. Ich hatte sie bisher noch nicht gesehen, weder bei der Polizei noch im Kunsthandel. Die wollten noch einmal alles genau über das Porzellan wissen. Sie drohten mir an, mich als Komplizin mit zu verurteilen, wenn ich noch etwas unterschlagen hätte. Der eine durchsuchte dann, ohne zu fragen, meine Küche und den Wohnzimmerschrank. Alles, was aus Porzellan war, drehte er um und schaute auf das Herstellerzeichen. Wehe, er hätte etwas mit den gekreuzten blauen Schwertern gefunden. Ich glaube, die hätten mich sofort mitgenommen.

Rainer Sch.: *(umarmt seine Frau)* Nun ist alles vorbei. Ich habe meine Strafe abgesessen und das Porzellan ist endgültig weg. Morgen werden wir Vater besuchen.

13. Szene

Wohnung von Friedhelm Hilmers. Seine Tochter und der Schwiegersohn sind zu Besuch. Der Kaffeetisch ist gedeckt.

Rainer Sch.: *(scherzend)* Der Bohnenkaffee schmeckt mir sogar, wenn ich ihn wieder aus einer richtigen Porzellantasse trinken darf. Selbst wenn diese keine zweihundert Jahre alt ist.

Friedhelm H.: Du bist um eine Erfahrung reicher als

ich. Gefängnisse kenne ich nur aus Büchern und Filmen. War es schlimm?

Rainer Sch.: Schlimm vor allem der Gedanke, wegen Geringfügigkeit für Jahre aus dem Leben entfernt zu werden. Sechs Jahre hätten es werden sollen. Zwei Jahre haben sie mir gnädiger Weise geschenkt. Dankbarkeit empfinde ich trotzdem nicht gegenüber diesen Leuten.

Friedhelm H.: Nein, Dankbarkeit wäre die falsche Gefühlsregung. Blicke nach vorn, Rainer! Das Leben geht weiter. Ich habe mir vorgenommen, auf jede Hätte-Wenn-Diskussion zu verzichten. Statt dessen möchte ich euch etwas schenken. Bitte, steht auf!

Agnes und Rainer stehen auf. Hilmers klappt das Sofa auf und entnimmt ihm ein Stoffbündel, dass er auf dem Tisch vorsichtig auswickelt. Es kommen ein kleiner Krug und eine Schale aus Meißner Porzellan zum Vorschein.

Agnes und Rainer Sch.: (*im Chor*) Was ist das?

Rainer Sch.: Nicht schon wieder! Ich werde noch von Herrn Marcolini träumen.

Friedhelm H.: Ja, du hast richtig geraten. Die beiden Stücke sind wieder da.

Agnes Sch.: Wieso wieder?

Friehelm H.: Rainer war etwa ein Jahr weg, da brachte die Post ein Päckchen. Darin lagen diese beiden Stücke und ein Brief. (*Geht zum Schrank und holt den Brief. Liest vor.*)

Sehr geehrter Herr Hilmers!
Ich möchte mich auf diesem Weg bei Ihnen bedanken. Mit der zugegeben nicht ganz freiwilligen Überlassung des in Ihrem Besitz befindlichen Porzellans aus dem 18. Jahrhundert haben Sie insbesondere der sächsischen Kultur Wertvolles zurückgegeben. Betrachten Sie diese beiden Stücke als Finderlohn und bewahren Sie diese für sich und Ihre Nachkommen auf. Die Unterschrift ist unleserlich.
Ich bin überzeugt Kinder, dass der Tag kommen wird, wo wir uns dieses Besitzes öffentlich erfreuen dürfen.

*   *   *

Nachwort

Dem Stück liegt eine wahre Begebenheit zu Grunde. Einen Kriminalfall habe ich daraus gemacht, der staatliches und privates Fehlverhalten gleichermaßen zum Inhalt hat. In den Wirren der Kriegs- und Nachkriegszeit verschwand wertvolles Kunst- und Kulturgut in dunklen Kanälen. Staatlich organisierte Beschlagnahme, genannt Kriegsbeute, ging einher mit privater Bereicherung.

Heute, ein halbes Jahrhundert nach Kriegsende und Nachkriegszeit werden immer noch Gemälde, Plastiken, Bücher u. v. a. m. vermisst. Und das nicht nur in Deutschland.

Kunst als Quelle der Bereicherung war auch das Motiv offizieller Stellen in der DDR.

Der Verfasser hat in seinem Stück absichtlich vom staatlichen Kunsthandel gesprochen und nicht von der Abteilung Kommerzielle Koordinierung (KoKo), deren Existenz den meisten Menschen in den neuen Bundesländern erst mit der Wende in der DDR bekannt wurde.

P. B.

Herbst 2000